lecturas modernas

¿Y si...?

Liani Moraes

Versión: Diana Derisio

Dirección: *Paul Berry*
Gerencia editorial: *Sandra Possas*
Coordinación de revisión: *Estevam Vieira Lédo Jr.*
Coordinación gráfica: *André Monteiro da Silva, Maria de Lourdes Rodrigues*
Coordinación de producción industrial: *Wilson Aparecido Troque*

Proyecto editorial: *Daisy Pereira Daniel*

Corrección: *Véra Regina Alves Maselli*
Revisión: *Ana Maria Cortazzo, Denise Ceron*
Diseño gráfico: *Ricardo Van Steen Comunicações e Propaganda Ltda. / Oliver Fuchs (Adaptado por Christiane Borin)*
Dirección de arte: *Christiane Borin*
Ilustración: *Cris & Jean*
Cubierta: *Cris & Jean*
Maquetación: *Formato Comunicação Ltda.*
Preimpresión: *Helio P. de Souza Filho; Marcio H. Kamoto*
Impresión: *Cipola Indústria Gráfica*

Dados Internacionais de Catalogação na Publicação (CIP)
(Câmara Brasileira do Livro, SP, Brasil)

Moraes, Liani
¿Y si...? : nível 4 / Liani Moraes ; versión Diana Derisio. — 1. ed. — São Paulo : Moderna, 2005. — (Lecturas modernas)

Título original: What if...?
Inclui suplemento para o professor.

1. Literatura infanto-juvenil em espanhol
I. Derisio, Diana. II. Título. III. Série.

05-2572 CDD-028.5

Índices para catálogo sistemático:
1. Literatura juvenil em espanhol 028.5

ISBN 85-16-04632-X

Santillana Español
Editora Moderna Ltda.
Rua Padre Adelino, 758 — Belenzinho
São Paulo — SP — Brasil — CEP 03303-904
Central de atendimento ao usuário: 0800 771 8181
Fax +55 11 2790-1284
www.santillana.com.br
2018

Impresso no Brasil

Lote: 273167

Esta no es una historia como otra cualquiera. En realidad, es la historia de una chica muy especial que conocí, hace algunos años. Durante mi experiencia como profesora de Biología, intenté ayudar a algunas chicas, como a esa, de la cual les voy a hablar.

Bárbara era una chica tímida. Pero todas las noches, solía encontrarse con sus cuatro e-amigas en una sala privada para chatear. Las chicas eran Julia, Sofía, Lisa y Carol. Sus amigas la llamaban por su *nick*, Babs.

Julia, Sofía y Lisa estudiaban en la misma escuela y hacían muchas cosas juntas. Bárbara vivía en otro vecindario y frecuentaba otra escuela. Las cuatro vivían en Brasil.

La quinta e-amiga, Carol, vivía en Buenos Aires. Solo Julia la había conocido personalmente cuando estuvo en un campamento en Argentina...

Las amigas tenían muchas cosas en común. Estaban en el mismo curso, les gustaban las mismas cosas, leían revistas para adolescentes, iban a centros comerciales y les encantaba chatear.

Llevaban compartiendo sus sueños y ansiedades por la net, por más de un año, y se habían quedado muy amigas. De las cinco solo Lisa y Bárbara tenían novios.

Julia: ¡Hola, Chicas! ¿Están todas por ahí?

Lisa: ¡Claro! ¿Qué hay de nuevo?

Carol: Hace mal tiempo aquí en Buenos Aires, llueve y hace viento.

Bárbara: Hoy estoy fatal. El problema es que a mi mami no le gusta mucho la idea de mi noviazgo con Eric. Me dice que aún soy muy joven, principalmente porque él es ocho años mayor que yo. Pero lo amo, lo amo, ¡lo amo! ¿Qué puedo hacer?

Carol: Sé tu misma y continúa con él. Somos alumnas nota A y B, merecemos un poco de diversión, ¿o no?

Lisa: Tom y yo ya estamos juntos hace seis meses. Mi madre no se opone, pero mi papá reclama muchísimo porque Tom es un año mayor que yo.

Julia: Los papás nunca están contentos con lo que hacemos. Para ellos nuestros novios son o muy viejos, o muy jóvenes o muy bajos o muy altos o hablan mucho o no hablan. ¿Quién puede agradarlos? Dejé de insistirles.

Bárbara: Nuestros papás tienen toda la razón de preocuparse por nosotras. Esa es su manera de decirnos que nos aman. ¡Pero debemos vivir nuestras propias vidas!

Julia: Suerte la mía que no estoy interesada en nadie por ahora.

Lisa: No puedo creer que no estés interesada en nadie, Julia.

Julia: Es verdad, chicas. Desde que el señor Músculos y yo pedimos para darnos un tiempo, le he entregado mi corazón a Dios.

Lisa: ¡Es hora ya de acostarnos, niñas!

Bárbara: Chao a todas. Voy a soñar con Eric, el único.

La noche siguiente en la sala de chat...

Lisa: ¡Hola, chicas! ¿Qué piensan acerca de los consejos en la sección "Pregúntele a Doris", aquella firmada por la doctora Doris Devane en la revista *Solo para adolescentes*? ¿Creen que ella es realmente una psicóloga?

Sofía: ¿Por qué lo preguntas? ¿Necesitas algún consejo?

Lisa: Es una especie de secreto, pero puedo confiar en ustedes. Mi novio dice que quiere hacer el amor conmigo, nos estamos aproximando mucho, pero no estoy segura. Si lo hago no hay vuelta atrás. ¿Qué piensan, chicas?

Carol: No sé. Tener un novio fijo no significa que van a estar juntos para siempre. Por otro lado, muchas chicas lo hacen. No creo que sea lo mejor pero no tengo tanta experiencia para decirte qué hacer. Pero ¿por qué no le escribes a la doctora Devane?

Bárbara: Tal vez yo también le escriba. Eric, de cierta manera, también quiere que hagamos el amor pronto. Fuera de todo, estamos juntos hace casi seis meses.

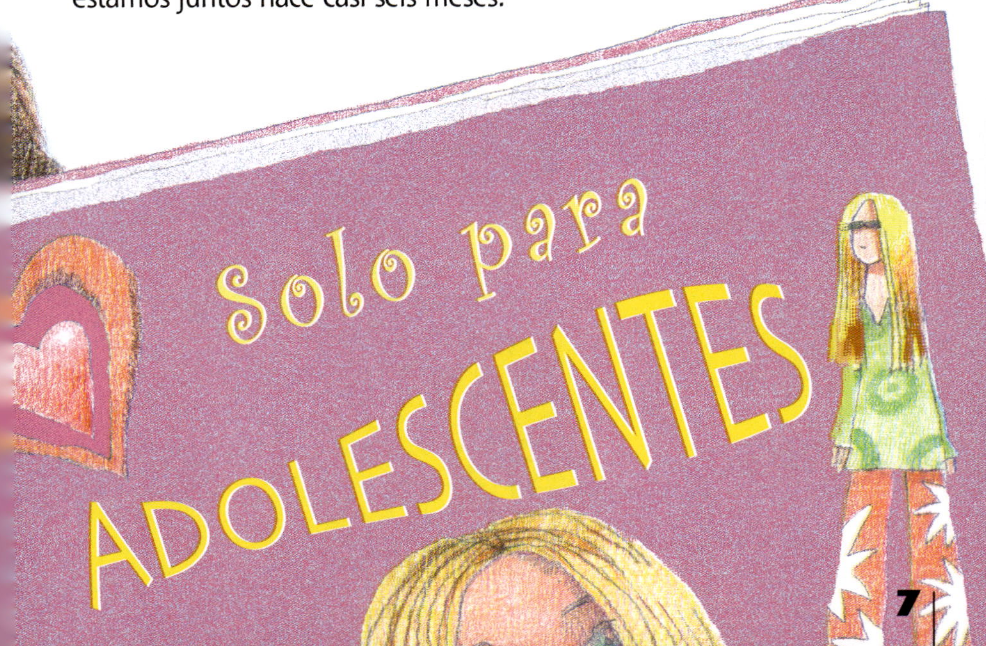

Julia: Hay gente mejor para aconsejarnos, niñas. ¿Cómo podemos confiar en una psicóloga de una revista, si no sabemos si realmente existe?

Sofía: Creo que nuestra revista favorita es seria. No pueden hacer una cosa como esa.

Carol: Una cosa sí es segura, mucha gente escribe a esa revista. Lisa podría escribir y si su carta fuera publicada por lo menos sabríamos si es verdadero. ¿Qué piensas, Lisa?

Lisa: Lo pensaré. Ah, ¡otra cosa, Julia! ¿Has hecho tu tarea?

Julia: ¿Qué tarea?

Lisa: El cuestionario. La profe de Biología ha dicho que necesita más informaciones acerca de lo que piensan los adolescentes sobre sexualidad y enfermedades de transmisión sexual.

Julia: Ah, sí.

Sofía: Solamente ahora me acuerdo... Entonces, vamos porque aún tenemos tiempo para completarlo.

CUESTIONARIO

Este cuestionario es estrictamente confidencial. Imagine que usted es el sujeto principal en las situaciones hipotéticas que están descritas a seguir:

1. ¿Cuál es la importancia de usar condón durante la relación sexual?

2. Si usted es un chico, ¿sabe la mejor manera de usar el condón para que pueda realmente protegerse?

3. Usted y su novio/a han estado juntos por cerca de un año. Han decidido tener relaciones sexuales. ¿Qué deben hacer antes de estar?

4. ¿Cree que está bien informado sobre cómo evitar embarazos y enfermedades de transmisión sexual?

5. ¿Habla con su familia acerca de estos temas? ¿Le han dado alguna información sobre esos aspectos?

6. ¿Son sus amigos/as y las revistas para adolescentes su única fuente de información sobre sexo?

7. ¿Entra a Internet para obtener información adicional sobre sexo? ¿En qué sitios?

8. ¿Cuáles son sus principales dudas sobre sexo?

9. ¿Piensa que su escuela es un buen lugar para obtener información sobre sexo?

10. ¿Se siente a gusto para hablar sobre sexo enfrente de sus compañeros de clase?

Después de unos días...

Lisa: Chicas, finalmente he decidido escribirle una carta a la doctora Doris, para preguntarle lo que ustedes ya saben.

Julia: Ella no te va a decir "¡hágalo!" o "¡no lo haga!". Estoy segura de que te va a aconsejar el uso de anticonceptivo si deseas tener relaciones.

Bárbara: Mi novio dice que sexo con condón no es muy bueno.

Julia: Pero es seguro, Babs. *¿Y si* quedas embarazada?

Sofía: No estés tan segura sobre eso. Tal vez él quiera y tú no quieres.

Bárbara: ¿Quién dijo que yo no quiero?

Sofía: Deberías pensar si realmente estás lista para tener o no relaciones. Fuera de todo, no hace mucho tiempo que están juntos.

Lisa: Sé que es una gran decisión, pero creo que Tom y yo lo haremos pronto. Eso es lo que queremos. Me dijo que usará condón. No queremos arriesgarnos.

Carol: ¿Le vas a contar a tu mamá?

Lisa: ¡Claro que no! ¡De ninguna manera! Ella me crucificaría.

Bárbara: Tampoco le contaría a la mía. Creo que es un asunto muy personal.

12 de abril

Querido diario:

Algunas veces nos sentimos muy inseguras... No sé qué hacer. Eric me ha invitado para ir a la casa de playa de sus padres. Les diremos a nuestros padres que iremos a la casa de unos amigos con un grupo. Eric dice que llamará a mi madre para pedirle permiso. Sé que si vamos haremos el amor y no estoy segura si quiero. Mis e-amigas son las únicas personas a las que puedo abrirles mi corazón. Mi hermano está muy distante, y mi mamá está siempre muy ocupada para preocuparse por mí. Mi papi vive lejos de nosotros. Además de eso, ahora tiene otra familia. Yo, cuando me case, será para siempre. (¡Caramba! Suena como una canción). Mis hijos no pasarán por lo que mi hermano y yo pasamos cuando nuestros papás se separaron. Me voy a dormir. No es una buena hora para tomar decisiones. Llamaré a Eric mañana. No puedo esperar para oír su voz...

Lisa llegó a casa después de la escuela y decidió escribirle una carta a la doctora Doris Devane.

Querida Doris:

Tengo 16 años. Mi novio es un churro. Él es un año mayor que yo y nos amamos. Él es un buen chico, pero me ha pedido que tengamos relaciones... No le puedo contar a mi mami y he hablado con unas amigas con las cuales comparto una sala de chat. Lo malo es que no se sienten seguras lo suficiente para aconsejarme.

Por favor, ayúdeme. ¿Puedo dormir con él o no? ¿Seré todavía muy joven? Siento que ya somos adultos.

El otro día, mis amigas y yo discutimos sobre usted; nos preguntamos si usted realmente existe o es una periodista que lee y responde las cartas de las lectoras.

Un abrazo,
Lisa

Tres semanas después, la carta de Lisa fue publicada en la columna de consejos de la doctora Devane, "Pregúntele a Doris". Las chicas estaban emocionadas de leer la carta de su amiga en su revista favorita.

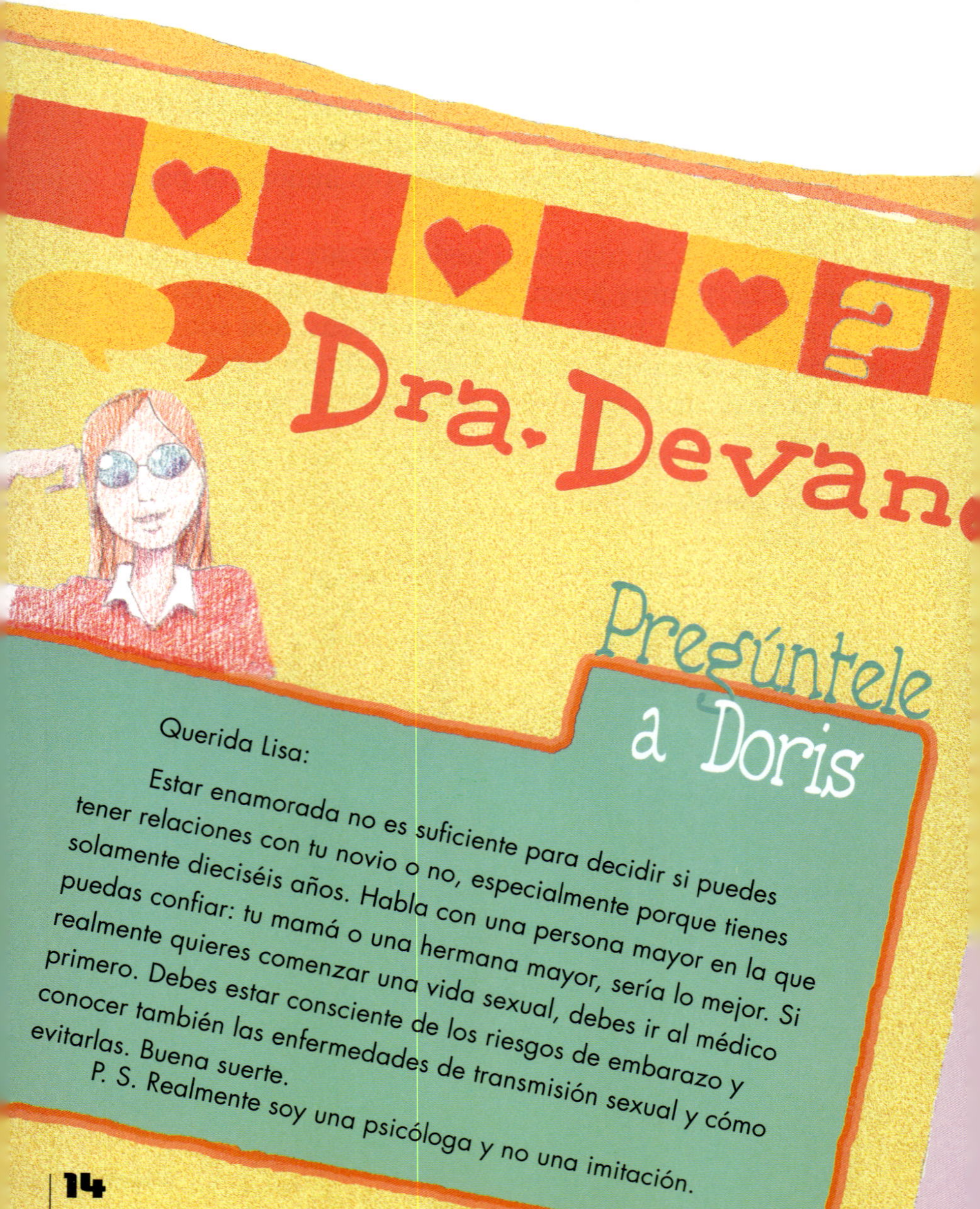
Dra. Devane

Pregúntele a Doris

Querida Lisa:

Estar enamorada no es suficiente para decidir si puedes tener relaciones con tu novio o no, especialmente porque tienes solamente dieciséis años. Habla con una persona mayor en la que puedas confiar: tu mamá o una hermana mayor, sería lo mejor. Si realmente quieres comenzar una vida sexual, debes ir al médico primero. Debes estar consciente de los riesgos de embarazo y conocer también las enfermedades de transmisión sexual y cómo evitarlas. Buena suerte.

P. S. Realmente soy una psicóloga y no una imitación.

En la sala de chat...

Bárbara: Siento que Eric está convenciéndome de acostarme con él.

Julia: Pero no tienes que hacerlo. La decisión es solo tuya.

Bárbara: Tengo miedo que él me deje si no lo hago.

Julia: ¡Mira, chica! Si vas a acostarte con él, hazlo porque tú quieres; no lo complazcas solo porque tienes miedo de perderlo.

Carol: Julia tiene razón, Babs. Piensa en eso.

Ya había pasado más de un mes y medio y nada de Bárbara aparecer en la sala de chat como solía hacer. Las cuatro chicas estaban preocupadas, no sabían su número de teléfono y por eso no podían llamarla y preguntarle qué había pasado.

Comenzaban a perder las esperanzas cuando, un día, Sofía leyó la carta dirigida a la columna de consejos de la doctora Doris. La chica firmaba la carta como Babs.

Querida Doris:

Tengo un gran problema. Mi novio y yo habíamos estado juntos cerca de ocho meses. Hicimos el amor por primera vez, hace dos meses. Él insistió mucho y finalmente lo consiguió. Yo tenía miedo de perderlo si no estuviera de acuerdo. Él me había dicho que, si tuviéramos relaciones después de mi periodo, no quedaría embarazada. Pero me quedé... Ahora estoy esperando un bebé y no sé qué hacer. Me siento infeliz. No les he dicho nada ni a mi madre ni a mis mejores amigas aún. Me siento completamente sola.

Mi novio me dijo que debería abortar pero sé que eso no es bueno. Me sentiría culpable la vida entera y no quiero hacer nada ilegal. Sé que fuimos irresponsables, los dos, pero tengo solo dieciséis años. Pensábamos que esas cosas solo les ocurrían a otras personas. Siempre había intentado hacer las cosas bien hechas, soy una buena estudiante y nunca he usado drogas. Y ahora, mi mundo es un caos. ¿Qué debo hacer? Por favor, ayúdeme.

Babs

Sofía leyó y releyó la carta muchas veces y decidió llamar a Julia.

—Debe ser ella —dijo Julia—. Es mucha coincidencia que haya desaparecido y ahora escriba una chica con el mismo apodo pidiendo un consejo en la revista.

—Seguro que es un gran problema. ¿Qué podemos hacer? —preguntó Sofía ansiosamente.

—Tengo una idea. ¿Qué piensas si...?

20 de junio

Querido diario:

Me siento muy infeliz. No tengo a nadie con quien hablar. Eric me dijo que conseguirá el dinero para hacer el aborto, pero tengo miedo. Si tengo el bebé, mi vida entera cambiará. ¿Qué pasará con la escuela y mis planes para el colegio y para la carrera de doctora? ¿Cómo se lo voy a decir a mi madre? Tengo millones de preguntas y no sé las respuestas. La única cosa que podía hacer era escribir a una revista para adolescentes pidiendo un consejo. Lo hice y ahora me siento ridícula. Mis e-amigas y yo ni siquiera vivimos en el mismo vecindario. Si por lo menos tuviera sus números de teléfono y pudiéramos hablar un poco, me sentiría mejor.

Imaginaba que cuando le contara a Eric sobre el embarazo, él sería más comprensivo, pero no me ha dicho ni una vez siquiera que me ama, no hay abrazos ni besos, nada...

Esa misma noche en la sala de chat...

Carol: Tu idea es muy buena, Julia.

Julia: No estoy segura de que funcionará, pero podemos intentar.

Sofía: De acuerdo. ¿Pero cómo vamos a encontrarla?

Julia: Podemos escribir a la sección "Amigos y compañeros" de *Solo para adolescentes*. Cuando Babs lea la revista probablemente regresará a la sala de chat.

Lisa: Entonces, ¡manos a la obra!

Querida Babs:

Somos tus viejas amigas: Julia, Sofía, Lisa y Carol. Estamos realmente preocupadas por ti y queremos ayudarte. Te esperaremos en el mismo lugar y a la hora de siempre. No nos decepciones. Te echamos de menos.

Tus cuatro e-amigas.

Esa noche, Eric encontró a Igor, su mejor amigo, en el mismo lugar de siempre. Eric parecía deprimido e Igor intentaba consolarlo.

—Hola, hombre. ¿Qué te pasa?

—Creo que la embarré, mi novia está embarazada y no sé qué hacer.

—¿Qué tal un aborto? ¿No crees que eres muy joven para ya ser papá? Y tu novia, ¿cuántos años tiene?

—Solo dieciséis. Ese es el problema. ¿Ya te imaginas qué pasará cuando se le cuente a su familia? Cuando le dije que abortara se quedó pasmada. Me dijo que cómo podía pensar en una cosa de esas. Estoy perdido, hombre.

—¿Tus padres ya lo saben?

—No, aún no. Tengo que enfrentarlos y a su mamá también. Sus padres están divorciados y aún no conozco a su papá porque vive en otro estado. Me siento avergonzado y responsable; soy ocho años mayor que ella, todavía no he terminado la universidad y no estoy preparado para ser papá. Es mi culpa, insistí en que tuviéramos relaciones y no fui cuidadoso —suspiró Eric.

—Vamos, hombre, no es el fin del mundo. No eres la primera persona que pasa por eso. Las cosas van a salir bien, ¿OK?

—Me siento culpable porque ella es solo una niña.

—Seré tu hombro amigo, hermano —añadió Igor—. Y trataré de convencerla para que aborte. Ella es muy joven para ser mamá. Creo que su madre estará de acuerdo con eso. ¡Anímate, chico! Fuera de todo, no eres el único culpable.

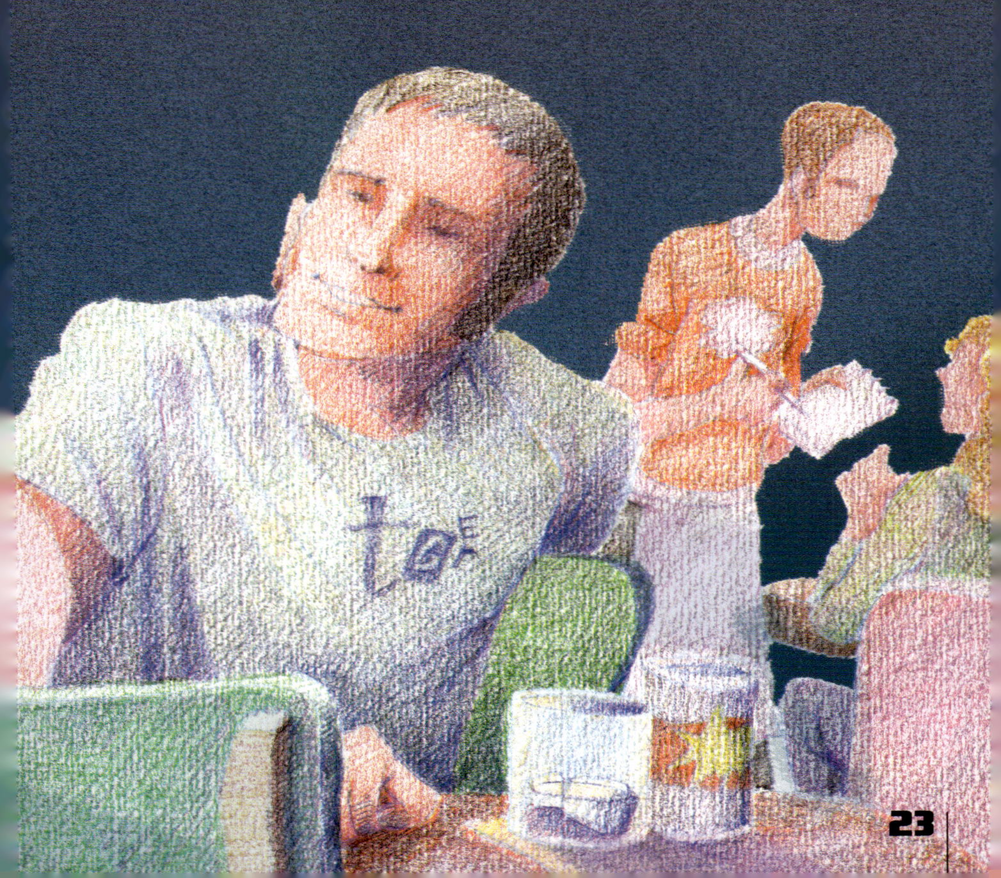

Después de la clase, las chicas salieron corriendo hacia la casa de Julia para leer el nuevo ejemplar de la revista *Solo para adolescentes*. Su carta había sido publicada.

—¿Y si ella no leyera la carta? ¿Y si ella no entrara en la sala de chat esa noche? —preguntó ansiosa Sofía.

—Basta de *y si*, Sofía —contestó Julia, seriamente—. Esperemos a ver qué pasa.

Las dos noches siguientes las chicas estuvieron esperando que Babs entrara al chat, pero no apareció.

Tres días después...

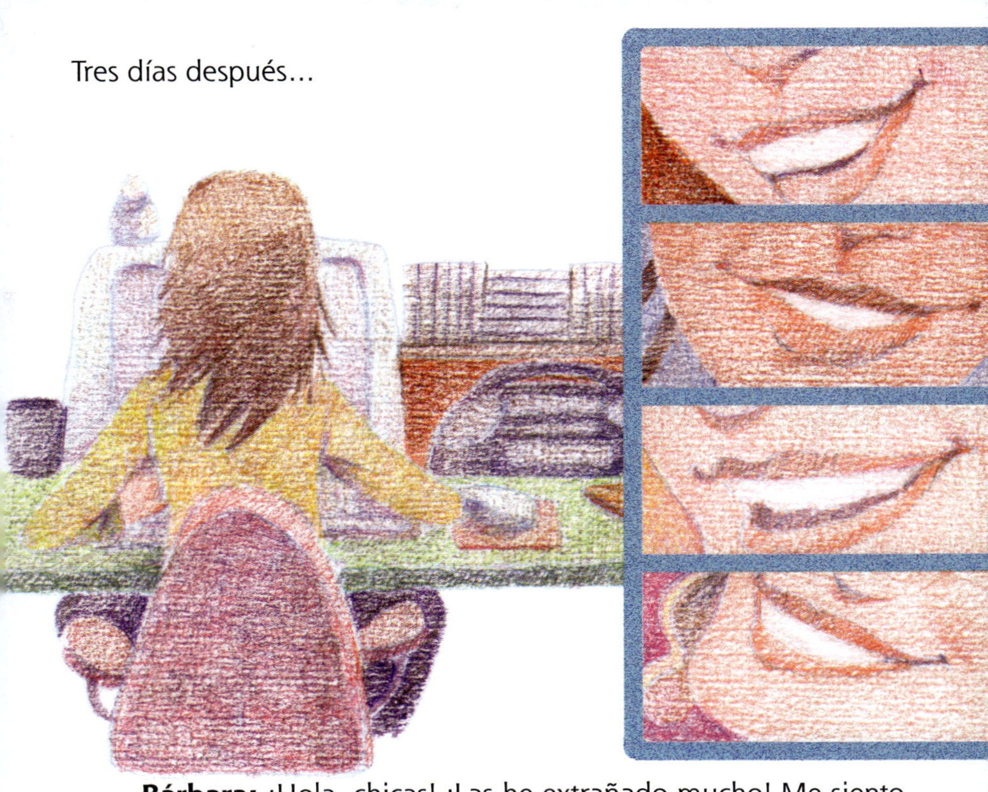

Bárbara: ¡Hola, chicas! ¡Las he extrañado mucho! Me siento tan avergonzada. Lo siento, chicas...

Julia: No te disculpes, Babs. Estamos felices porque regresaste. Además, no hiciste nada equivocado, fuiste descuidada, solo eso.

Bárbara: Tú haces que las cosas parezcan fáciles, Julia, pero no lo son, por lo menos para mí.

Julia: Sabemos que no lo son, pero estamos aquí para ayudarte.

Sofía: ¡No podíamos creerlo cuando leímos tu carta en la revista! Sabíamos que eras tú. Estás en nuestros corazones y en nuestros pensamientos todos los días y sabes que puedes contar con nosotras en ese tema.

Julia: Por favor, Babs, nunca más nos abandones, querida. ¿Ya has hablado con tu familia?

Bárbara: Sí. Mi mamá fue muy comprensiva. No lo esperaba: mi papá vendrá la próxima semana a visitarnos; él está realmente preocupado. Mi hermano no habló conmigo por una semana pero luego vino a mi cuarto y se disculpó. Nos abrazamos y por primera vez en mi vida siento que tengo una familia que realmente se interesa por mí. Mi padre ni siquiera ha culpado a mi madre por lo que me pasó.

Carol: ¿Sigues en la escuela?

Bárbara: Sí. Al principio quería parar, pero mi mamá me dijo que debía poner la cara. El coordinador de la escuela habló conmigo y los profesores han sido muy comprensivos también. Me dijeron que no tenía de qué avergonzarme.

Lisa: ¿Y el bebé?

Bárbara: Aún tengo que pensar en eso. Tengo miedo de abortar, pero no quiero desistir de mis planes de ir a la universidad.

Julia: ¿Y Eric?

Bárbara: Bueno, siento que cambió un poco, a veces me abraza y me besa, pero no es igual. El próximo año irá al exterior con una beca de estudios. No sé si estaremos juntos después de todo.

Lisa: Vive un día a la vez, Babs, y confía en tus sentimientos.

Bárbara: Mi papá piensa que no debo abortar. Me dijo que me ayudará a criar a mi bebé y mi mamá está de acuerdo con él.

Carol: ¿Y los papás de Eric?

Bárbara: Su papá está a favor del aborto y dice que lo pagará. Su mamá dice que es algo que yo tengo que decidir. Al principio, Eric quería que yo abortara, también. Ahora no está muy seguro; dijo que es mi decisión y de nadie más.

Sofía: Bueno... mi mami es doctora, tú sabes, ella es ginecóloga. Si quieres, te marcaré una cita con ella.

Bárbara: Creo que es una buena idea. Hablaré con mi mami y le pediré que vaya conmigo.

2 de julio

Querido diario:

Algunas noches no puedo dormir fácilmente. Me quedo pensando en mi misma, mi familia, Eric y el bebé. ¿Por qué yo? La primera vez que hice el amor me quedé embarazada. ¡No es justo!

Mañana mi papá estará aquí. De cierta manera, también me siento feliz, mi mami y yo estamos más juntas y mi hermano está muy amable también, sin contar con mis e-amigas, mis profesores, el coordinador de la escuela y muchos compañeros de clase. Eric y yo no estábamos preparados para lo que pasó. ¿Por qué no usamos condón? La primera vez no fue todo aquello que yo esperaba, fue romántico, pero no sentí tanto placer. Ahora estoy enferma a toda hora...

Tendré que dejar de escribir porque creo que voy a vomitar de nuevo.

Bárbara y su madre estaban en la sala de espera del consultorio de la doctora Beatriz Martín. Babs estaba nerviosa. El día anterior le dijo a su madre que quería hablar con la doctora Martín solita, y que le pediría a la doctora para llamarla al final de la cita. Su barriga todavía no aparecía, pero sentía que todas las personas estaban mirándola fijamente. Era como si la palabra "embarazada" estuviera escrita en letras grandes en su frente. Intentaba concentrarse en la revista que había cogido de la mesita de al lado, pero no podía. Cuando escuchó su nombre, se levantó rápidamente y entró.

La doctora Martín era muy comprensiva; besó y abrazó a Bárbara así que la chica entró. La doctora era más joven de lo que ella imaginaba, y era muy bonita. Ella comenzó:

—Bueno, doctora, usted sabe por qué estoy aquí...

—Sí, Bárbara, pero quiero oírlo de ti. ¿Cómo estás?

Tan pronto comenzó a hablar y viendo la sonrisa amigable de la doctora Martín, Bárbara sintió que sus miedos comenzaban a desaparecer. Mientras ella hablaba, la doctora preguntaba y escribía. Al final de la cita, la doctora dijo:

—Tú sabes, Bárbara, que lo que te pasó no es tan fuera de lo común. Si tú quieres, puedo ayudarte durante el embarazo para que tengas un bebé saludable. Un embarazo prematuro implica algunos riesgos para los dos, tanto para la mamá como para el bebé. Es mi trabajo mantener esos riesgos al mínimo. Siéntete a gusto para preguntarme lo que quieras. Necesitas también acompañamiento psicológico y por eso te voy a recomendar una buena psicóloga.

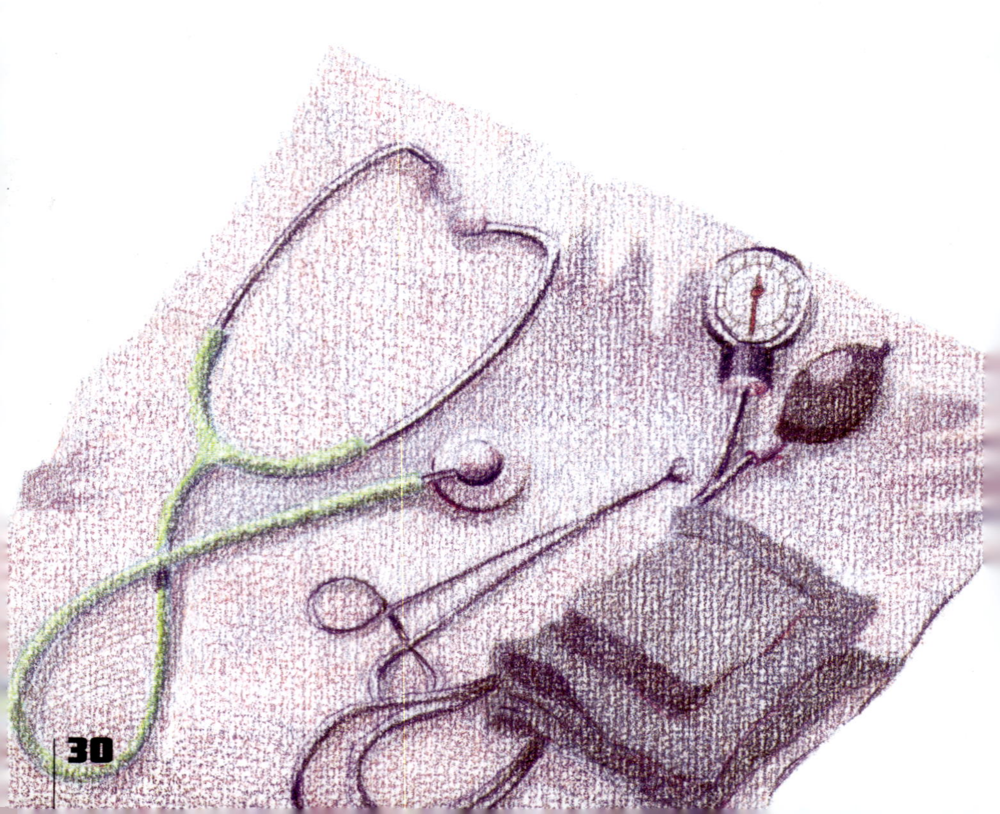

Cuando Bárbara le dijo a la doctora Martín que estaba en duda si tendría el bebé o no, la doctora le respondió: "Si decides que no quieres tener el bebé, no puedo ayudarte. Es antiético de mi parte recomendarle a alguien que realice abortos. Yo no lo hago y ninguno de mis colegas. Esto se hace solo en circunstancias muy especiales; de otra manera es ilegal.

—Doctora, ¿sabe una cosa? Lo he decidido, voy a tener el bebé. ¿Puede ayudarme? ¿Puedo llamarla por la noche si la necesito?

—Por supuesto que sí —respondió la doctora con una sonrisa—. Estaré a tu lado todo el tiempo, tú no estás enferma, estás embarazada. Estamos muy felices por esa nueva vida que esperas. Vamos al cuarto de exámenes.

Cuando volvieron al consultorio, Bárbara se sentía mejor. Estaba un poco mareada todavía, pero la doctora Martín le aseguró que esa sensación pasaría pronto.

—¿Podrías llamar a tu mami para que entre y podamos conversar un poco? —le pidió la doctora.

Cuando salieron del edificio del consultorio de la doctora, Bárbara se sentía tan bien, como hacía mucho tiempo no se sentía. Abrazó a su madre, cuando llegaron al estacionamiento.

—¿Sabes qué, mamita? Me gustaría comerme un gran helado en este momento.

—A mi también, ¡vamos!

—Si me dan ganas, ¿puedo pedir otro helado?

—Claro que sí, querida, te quiero.

—Te quiero también, mamita.

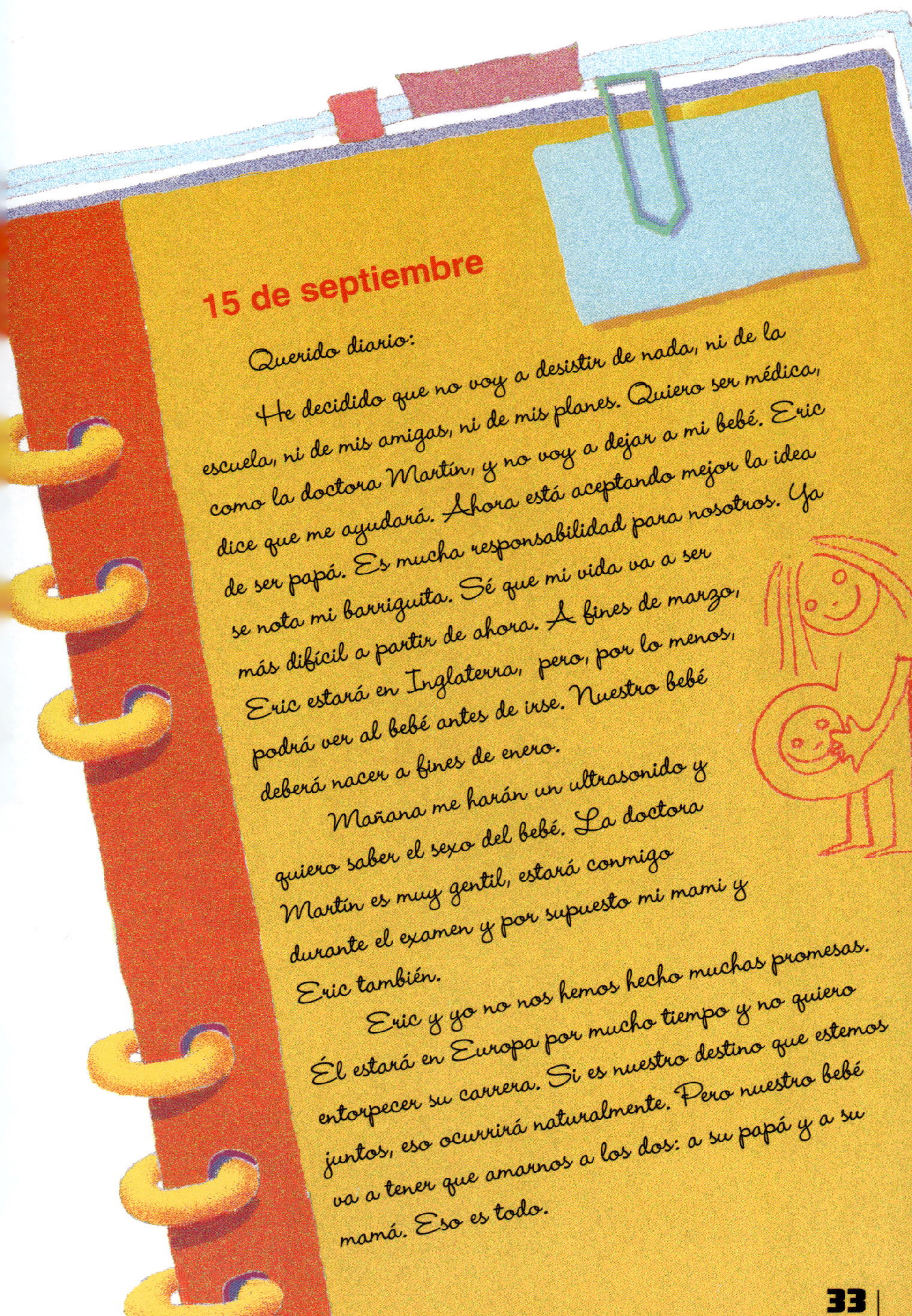

15 de septiembre

Querido diario:

He decidido que no voy a desistir de nada, ni de la escuela, ni de mis amigas, ni de mis planes. Quiero ser médica, como la doctora Martín, y no voy a dejar a mi bebé. Eric dice que me ayudará. Ahora está aceptando mejor la idea de ser papá. Es mucha responsabilidad para nosotros. Ya se nota mi barriguita. Sé que mi vida va a ser más difícil a partir de ahora. A fines de marzo, Eric estará en Inglaterra, pero, por lo menos, podrá ver al bebé antes de irse. Nuestro bebé deberá nacer a fines de enero.

Mañana me harán un ultrasonido y quiero saber el sexo del bebé. La doctora Martín es muy gentil, estará conmigo durante el examen y por supuesto mi mami y Eric también.

Eric y yo no nos hemos hecho muchas promesas. Él estará en Europa por mucho tiempo y no quiero entorpecer su carrera. Si es nuestro destino que estemos juntos, eso ocurrirá naturalmente. Pero nuestro bebé va a tener que amarnos a los dos: a su papá y a su mamá. Eso es todo.

A la mañana siguiente, Bárbara estaba en el laboratorio para hacer el examen de ultrasonido. El doctor pasó un gel en su barriga. En la pantalla, sombras comenzaron a formarse y desaparecer. El doctor pasaba el aparato por todo el abdomen. Miró a la doctora Martín y le preguntó con una sonrisa:

— ¿Ve lo que veo, doctora?

La doctora Martín también sonrió:

— Sí, claro que sí. Veamos una vez más.

Bárbara no conseguía entender aquellas imágenes borrosas. Después de un momento, el doctor exclamó:

— ¡Mellizos! ¡Esperas dos bebés! Como puedes ver aquí, hay dos placentas diferentes, por lo tanto no son idénticos. Déjame ver si notamos el sexo...

Bárbara sintió un mareo. Su madre y Eric lloraban. Eric le sujetó la mano con fuerza y Bárbara pensó: "¡Dios mío, un bebé ya es difícil, imagínense dos!".

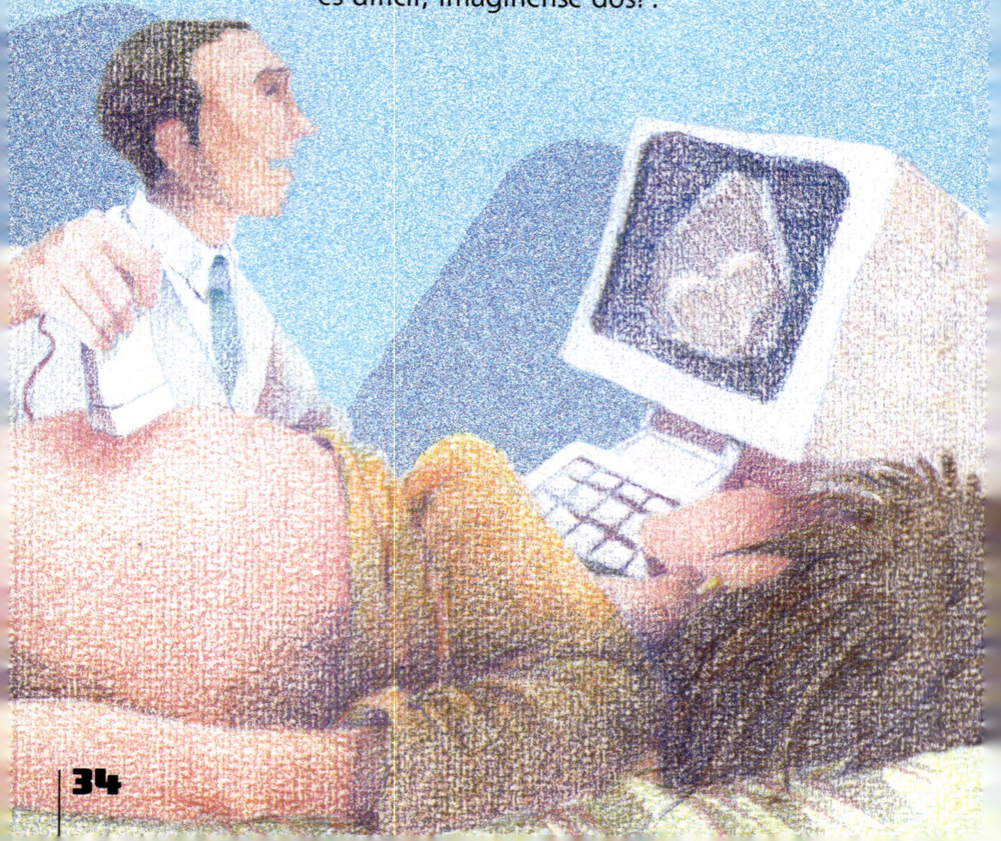

10 años después...

Tengo permiso de las chicas y de todas las personas envueltas en esta historia para contarla. Yo misma, mejor que nadie, sé lo que Bárbara ha hecho durante los últimos 10 años: Babs, la joven insegura que no quería perder a su primer novio, era yo.

No llegué a ser doctora como había planeado. En vez de eso me gradué en Biología y soy profesora. Eric consiguió su título de "maestro" y regresó después de tres años. No nos casamos pero somos aún buenos amigos. Es un padre amoroso con nuestras dos niñas. El año pasado, encontré a una persona maravillosa: él es profesor de Biología también y pensamos en casarnos pronto. Ambos trabajamos como voluntarios de una ONG que ayuda a adolescentes en situaciones de riesgo, organizamos talleres didácticos y excursiones con grupos de estudiantes de las escuelas públicas para alertarlos sobre los riesgos de un embarazo prematuro y enfermedades de transmisión sexual como el sida (síndrome de inmunodeficiencia adquirida).

En esos encuentros, en verdad no enseñamos: intentamos crear un ambiente amigable en el cual los jóvenes pueden hablar sobre sus dudas, sentimientos y miedos. Durante esas discusiones intentamos pasarles informaciones valiosas que puedan ayudarlos a tomar las mejores decisiones al mismo tiempo. Comparto mi historia con ellos y también les digo que "prevenir es mejor que lamentar".

En nuestros talleres y excursiones, les damos a las adolescentes algunas informaciones técnicas también.

De acuerdo con las Naciones Unidas...

- Existen hoy en el mundo el mayor índice de jóvenes entre 10 y 19 años de edad en toda la historia: 1,2 mil millones de preadolescentes y adolescentes.
- En Brasil, hay 52 millones de adolescentes. El 87% de la población en el mundo vive en países subdesarrollados.
- 462 millones de jóvenes sobreviven con menos de US$ 2 por día y 238 millones viven con una renta menor de US$ 1 por día.
- Cerca de 13 millones de niños se quedan huérfanos, porque sus padres mueren de sida. La estadística es que ese número llegue a duplicarse en 2010.
- Un adolescente es infectado por sida cada 14 segundos. Casi la mitad de los casos afectan la población joven del mundo.
- 14 millones de chicas quedan embarazadas cada año y esos casos han aumentado entre las chicas de 10 y 12 años de edad.
- 57 millones de jóvenes del sexo masculino que viven en países subdesarrollados son analfabetos. El número de jóvenes del sexo femenino en esa misma situación ha aumentado para 96 millones.
- Brasil ocupa el tercer lugar en la categoría de chicas que mueren durante el parto: 277 muertes por cada mil chicas embarazadas.

Estas son las terribles estadísticas. Todos debemos hacer algo de nuestra parte, para cambiar esa terrible situación —los padres, los profesores, la comunidad, las ONG y el gobierno.

Casi se me olvidó decir que durante esos tiempos difíciles, pude contar con el apoyo de mis e-amigas, entre otras personas. Nuestra amistad es una de las cosas que más aprecio. Entre los mejores recuerdos de ese período están las dos lluvias de regalos para mis bebés que ellas me prepararon. ¡Fue maravilloso!

GLOSARIO

acordarse: trazer à memória, lembrar-se de.
arriesgar: pôr em perigo.
chatear: manter uma conversação via Internet.
churro: (fig.) homem muito bonito.
cita: fixação de dia, hora e lugar para que duas ou mais pessoas se encontrem com uma finalidade determinada.
condón: preservativo.
e-amigas: palavra adaptada do inglês para referir-se a amigas da Internet.
echar de menos: sentir falta, sentir saudade.
embarazo: estado em que se encontra uma mulher que espera um filho.
entorpecer: pôr obstáculos, dificultar ou retardar alguma coisa.
estar mareada: estar enjoada.
extrañar: sentir falta de alguma pessoa ou coisa, sentir saudade.
fuera de todo: afinal, fora isso, além do que.
gemelos: gêmeos univitelinos (gêmeos idênticos)
lluvia de regalos: chá de bebê.
mellizos: gêmeos dizigóticos (gêmeos não idênticos)
novio: pessoa em relação a outra que namora.
periodo: processo natural pelo qual as mulheres e as fêmeas de certas espécies expulsam, todos os meses, sangue proveniente do útero.
poner la cara: enfrentar uma situação.
pronto: dentro de pouco tempo.
quedar pasmada: ficar assombrada, admirada.
sentirse a gusto: sentir-se bem ao estar em um lugar ou realizar uma atividade.
solía: tinha por hábito, costumava. Verbo *soler*.
subdesarrollados: subdesenvolvidos.
talleres didácticos: *workshops*.
tarea: trabalho que tem tempo limitado para conclusão.
ultrasonido: ultrassom.

ACTIVIDADES

1. Después de leer: anota en una hoja de papel todas las dudas que tienes con relación a las enfermedades de transmisión sexual y sobre sexualidad. No necesitas firmar. Dóblala. Mezclen todas las hojas con las preguntas de todos los alumnos y, con el apoyo de tu profesor(a), discutan las posibles respuestas a sus dudas.

2. Completa con el nombre de la, o del, protagonista:
   a) ____________ es profesora de Biología, y comienza contando una historia a sus alumnos.
   b) El *nick* o pseudónimo de Bárbara es ____________.
   c) __________, __________ y __________ son compañeras de escuela.
   d) La madre de ____________ es ginecóloga; su nombre es ____________.
   e) ____________ es el novio de Babs.
   f) La psicóloga ____________ tiene una columna en una revista para adolescentes.
   g) ____________ vive en Buenos Aires y se conoce con ____________ gracias a un campamento que hizo en ese país.

3. Encontrarás a continuación el cuestionario que la profesora Susan les aplicó a sus alumnos para que tú y tus compañeros(as) de clase lo respondan y discutan el tema.

Cuestionario

Este cuestionario es estrictamente confidencial. Imagine que usted es el sujeto principal en las situaciones hipotéticas que están descritas a seguir:

1. ¿Cuál es la importancia de usar condón durante la relación sexual?
2. Tú y tu novio(a) han estado juntos por cerca de un año. Han decidido tener relaciones sexuales. ¿Qué deben hacer antes de estar?
3. ¿Crees que estás bien informado(a) sobre como evitar embarazos y enfermedades de transmisión sexual?
4. ¿Hablas con tu familia acerca de estos temas? ¿Te han dado alguna información sobre esos aspectos?
5. ¿Son tus amigos(as) y las revistas para adolescentes las únicas fuentes de información sobre sexo?
6. ¿Cuáles son tus principales dudas sobre el tema?
7. ¿Piensas que tu escuela es un buen lugar para conseguir información sobre el tema?
8. ¿Te sientes a gusto para hablar sobre sexo enfrente de tus compañeros de clase?

¿Y si...?

"Libro de interés para adolescentes"

El pasatiempo preferido de Bárbara era chatear con sus amigas y encontrarse... con su primer novio. Pero su vida cambió radicalmente cuando algo inesperado ocurrió y tuvo que repensar sobre su adolescencia, sus planes y sus sueños.
En este conflicto de valores y creencias, Bárbara enfrentará el mayor desafío de su vida.

Tema transversal — orientación sexual
Otros temas — embarazo en la adolescencia, relaciones, amistad

Accede a nuestra página web www.santillana.com.br para las respuestas, más ejercicios y el Manual del profesor.

NIVEL 4

nivel 4 _ intermedio

nivel 3 _ básico II

nivel 2 _ básico I

nivel 1 _ inicial

ficción

ISBN 85-16-04632-X
9 788516 046323

modern readers

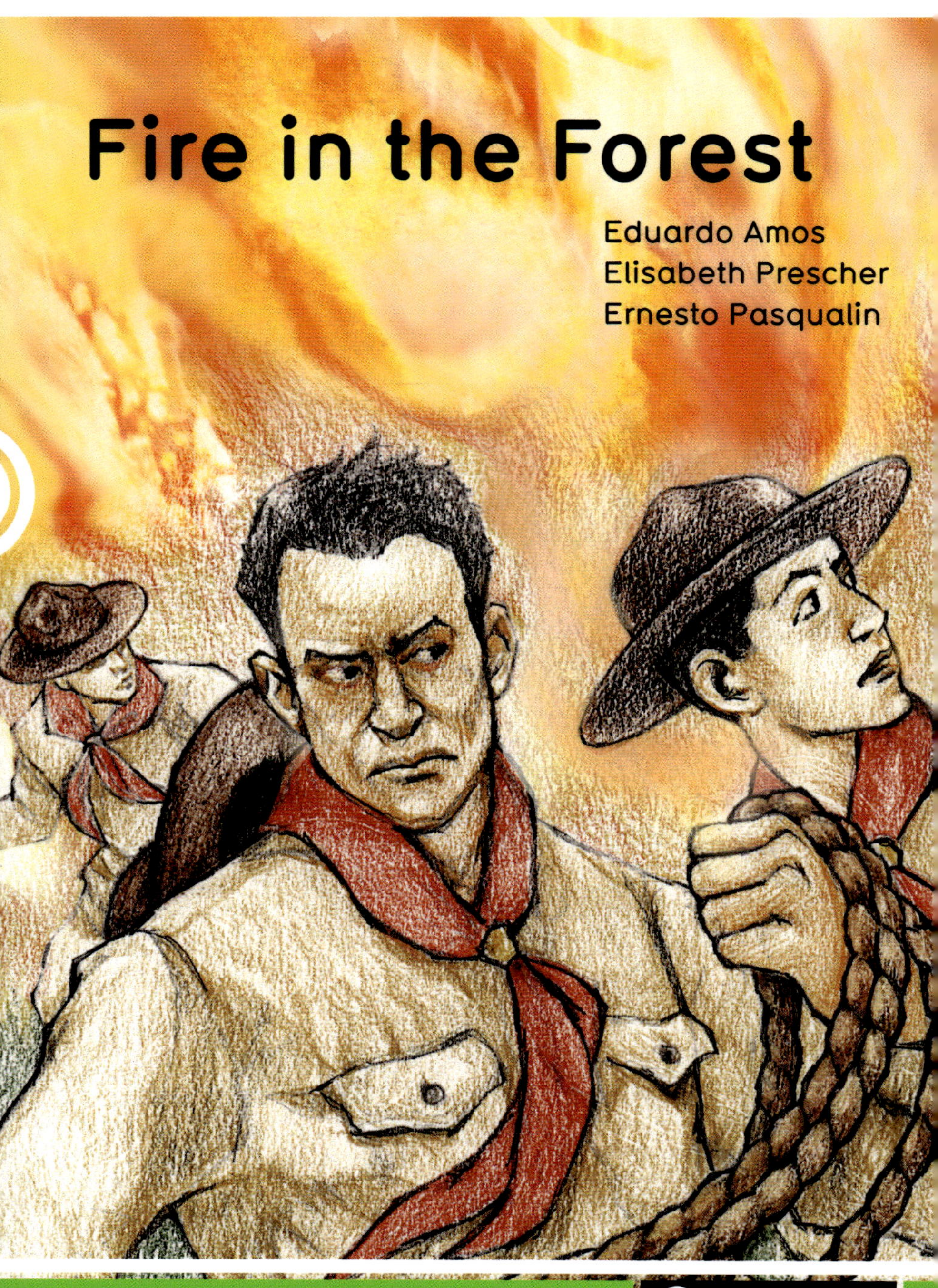

Fire in the Forest

Eduardo Amos
Elisabeth Prescher
Ernesto Pasqualin

Richmond